숨 쉬는 것들
다, 소중하여라

숨 쉬는 것들
다, 소중하여라

초판 1쇄 인쇄일 | 2023년 2월 18일
초판 1쇄 발행일 | 2023년 2월 25일

글/사진 박종민
펴낸이 | 하태복

펴낸곳	이가서
주소	서울시 중구 서애로 21 필동빌딩 301호
전화·팩스	02) 2263-3593 · 02) 2272-3593
홈페이지	www.leegaseo.com
이메일	leegaseo1@naver.com
등록번호	제10-2539호

ISBN 978-89-5864-957-1 (03800)

숨 쉬는 것들
다, 소중하여라

글/사진 박종민

이가서
Leegaseo publishing

시인의 말

    2020년 시집 "시시한 하루, 시 같은 순간"을 처음내고 예스24와의 지면 인터뷰 글에서 독자들 마음을 흔들어줄 시집이 아니면, 다시 시집을 낼 생각은 없다고 딱 잘라 말했던 적이 있었습니다.

    그리 말을 해놓고 보니 약간 내가 멋져 보이기도 했지만, 결코 폼나 보이려고 한 말은 아니었습니다.

    아무런 느낌이나 공감을 주지 못하는 시집을 한 권 더 내는 게 무슨 의미가 있나? 그런 생각이었으니까요.

    우여곡절끝에 다시 시집 한 권을 세상에 내놓습니다. 독자의 마음이 내 작품으로 쉽게 흔들릴 만큼 만만하지도 않을 뿐더러 책을 내기도 쉽지 않음을 진작에 경험했음에도 불구하고 무모하게 덜컥 다시 시집을 낸 이유가 무엇일까요?

    그 사이, 국내 유일한 디카시 신춘문예에 운좋게 당선되었으니 그걸 내세워 시집이 좀 팔릴 거란 알량한 생각도 들기는 했습니다만, 그것때문은 아닙니다. 내 시를 감상하는 독자들이 고작 상 하나로 작품을 평가할 만큼 호락호락한 분들은 아니니까요.

첫 시집 출간 이후에도 사물과 풍경과의 대화를 꾸준하게 이어나갔습니다. 대화의 기록이 어느정도 쌓이다보니까, 다시 출간에 대한 욕심이 생겼습니다.

시집 한 권 달랑 내놓고 시를 쓴다고 하기도 좀 민망했으니까요. 물론, 제 시집을 통해 좀 더 많은 분들이 일상에서 디카시를 즐겼으면 하는 바람도 있었습니다.

마음이 흔들릴 정도는 아니어도, 시집을 덮는 순간 "나도 디카시 한번 써보고 싶다. 이 정도면 나도 할수 있다." 라는 생각이 드신다면 더 이상 바랄 게 없습니다.

짧은 인연임에도 불구하고, 추천사 요청에 흔쾌하게 응해주신 이병일 시인께 감사드립니다. 시는 어떤 마음으로 써야 하는지 귀한 깨달음을 주신 이소연 시인, 김은지 시인께도 늦게나마 고마움을 전합니다.

2022년 12월
박종민

추천사

여기 극적인 순간을 포착하는데 집중하는 시인이 있다.

사물과 사람과 생명과 무생명을 통해서 그는 우리가 어떤 존재인지 질문하고 성찰한다.

내가 아닌 나의 바깥에 있는 것들을 프레임에 가두고 사유를 읽어낸다.

낡고 겨우 움직이는 것들, 남들이 거들떠보지 않는 것들에 생기를 불어넣는다.

삶이 왜 아름다운지, 그는 알고 있다. 장미에서 『날개의 쓸모』를 발견하는 눈과 사진의 여백을 채워 넣은 사유가 무릎을 치게 한다.

"매달려 있으나/바닥에 있으나/어차피 한생/삶과 죽음
이 멀지 않다"(『꽃무덤』)고 노래한 시. 영원할 수 없는 것
들을 그는 잘 들여다본다.

　박종민 디카시집은 풍경의 아름다움이 아니라
　내가 나로부터 벗어나는 사건이자 장소에 대한 사유이다.
　숨 쉬는 것들은 다 소중하다고 말하는 시인,
　아직도 나는 나를 다듬고 있다고 말하는 시인.
　사유와 이미지가 절묘하게 교직되어 있다.
　나도 디카시를 쓰고 싶어졌다! 놀라워라!

　　　　　　　　　　　　　　　2022년 12월
　　　　　　　　　　　　　　　이병일 시인

차례 🌿

시인의 말   4

추천사   6

Part 1 [나를 찾아서] 흔들린다는 건 살아있다는 것

와글와글	14	몽상가(夢想家)	36
시인(詩人)	15	산멍	37
오늘도, 무사히	16	각자도생(各自圖生)	38
가을 여자	18	데칼코마니	39
나를 찾아서	19	자화상	40
이름값	20	반성	41
근육맨(Mr. Muscle)	21	인생길	42
저녁의 위로	22	슬픈 날	43
불굴의 마라토너	23	젊은 그대	44
멋쟁이	24	카르페 디엠	45
흔들리는 생(生)	25	시한부(時限附)	46
하루의 무게	26	선문답	47
길냥이	27	후룩, 후루룩	48
테이크 아웃(TAKE OUT)	28	새침데기	49
명예퇴직(名譽退職)	29	인생	50
우울증	30	여심(女心)	52
잡초	32	열반	54
호연지기(浩然之氣)	33	숭고한 밥상	55
대인배	34	고(孤) dog	56
몰입	35	봄 생각	57

Part 2 [그대와의 거리] 알고보니, 우리는 외로운 섬이었다

지난 날　　　　　　　　60

인연　　　　　　　　　61

외사랑　　　　　　　　62

동행(同行)　　　　　　63

반쪽　　　　　　　　　64

미적 거리(美的 距離)　65

유구무언(有口無言)　　66

변명　　　　　　　　　67

파워오브 러브(Power of Love) 68

히스토리(he story)　　70

바람둥이　　　　　　　71

가을밤　　　　　　　　72

모심(母心)　　　　　　73

거래의 원칙　　　　　　74

가족　　　　　　　　　75

취중진담(醉中眞談)　　76

대화마을 1402호　　　77

부부　　　　　　　　　79

을지로 골목길　　　　　80

겨울 나무　　　　　　　81

세한도(歲寒圖)　　　　83

통(通) 하다　　　　　　84

초등학교 동창회　　　　85

강철꽃　　　　　　　　86

빈 자리　　　　　　　　87

탄생　　　　　　　　　88

고백록(告白錄)　　　　89

어떤 대화　　　　　　　90

처세(處世)　　　　　　91

기싸움　　　　　　　　92

벽인지, 벗인지　　　　93

옛날 옛적에　　　　　　94

절규　　　　　　　　　95

선유도　　　　　　　　96

거리의 위로　　　　　　98

끈　　　　　　　　　　99

Part 3 [따뜻한 공동체] 숨 쉬는 것들 다, 소중하여라

회사인간	102	우이천	123
관함식(觀艦式)	103	소양강	124
민초(民草)	104	불감증	125
DMZ(비무장지대)	105	추앙하라	126
틈새전략	106	꽃들의 반역	127
취준생	107	인생우화(人生寓話)	128
높이뛰기	108	장태산 메타쉐콰이아	129
생존 수업	109	노동의 하루	130
쉿!	110	희망 고문	132
무뇌아(無腦兒)	111	인생이막	133
물구나무	112	부드러운 밥	134
광장(廣場)	114	분노의 방식	135
무성영화(無聲映畵)	115	무기수(無期囚)	136
동병상련(同病相憐)	116	그날 밤, 우리는	137
인질	117	순교자	138
이웃 사촌	118	기쁜 날	140
우상과 편견	119	디스토피아(Dystopia)	141
미로(迷路)	120	낯선 곳에서	143
웃음 福	121	순례길	144
만월(滿月)	122		

Part 4 [비움과 채움] 꿈 같은 세상인지, 꿈 잃은 세상인지

나, 어릴 적	148	신데렐라	170
님은 먼곳에	150	회상(回想)	171
추정(秋情)	151	구름 위의 산책	173
무지개	152	설마	174
내 이럴 줄 알았으면	153	시(詩)	175
명상	155	진검승부(眞劍勝負)	176
트로이(Troy)	156	익선동	177
무소유	157	전망좋은 집	178
달관(達觀)	158	등대	179
날개의 쓸모	159	종가(宗家)	180
성장기	160	예술은 역시 어려워	183
고향 집	161	어쩌라구	184
꽃무덤	162	11월	185
나무의 꿈	163	파노라마	186
천상병	164	시나브로	187
바람의 말	165	심플 라이프(Simple Life)	188
수행(修行)	166	눈물	189
경청	167	고래	190
밤마실	168	겨울왕국	191
봄날	169		

Part 1

[나를 찾아서] 흔들린다는 건 살아있다는 것

오늘도 어김없이 바람은 불고
나는 흔들리면서 점점 강해진다

와글와글

초롱초롱 빛나는 천 개의 눈동자

눈길 한번 받지 못해서 하나로 뭉쳤다

세상에서 가장 따뜻한 약자들의 연대

시인(詩人)

인생 참 모질다

밤 새워도 모자랄 이야기를

이토록 절절하게 표현하시다니

몸으로 쓰신 한 편의 귀한 시다

오늘도 무사히

처맞고 나서 알았다

세상에 만만한 인생
어디에도 없음을

맞을 때마다
점점 순해지고 있음을

가을 여자

머리를 노랗게 물들이고
거리를 서성이는 여인

생의 절정기인데
눈치볼 게 뭐있냐고

일상을 박차고 날아오르는 순간,
새로운 세상이 열렸다

다리보다 강한 날개의 힘

이름값

누군가에겐 햇빛이었고

누군가에겐 바람이었고

누군가에겐 구름이었고

누군가에겐 들꽃이었고

누군가에겐 울타리였던

근육맨
(Mr. Muscle)

힘은 쓰는 게 아냐

슬쩍 보여주는 거라고

싸우지 않고

이기는 게 진짜 힘이라고

저 사내 온몸으로 말하고 있다

저녁의 위로

언제는 찌그러져 있으라더니

지금은 가만히 놔두질 않네

찌그러져봐야 인생의 맛을 안다나

살다 보니 별일이야

내가 미쳤지

왜 사서 이 고생을

그래도 포기할 수 없다고

준마가 되고싶은 한 인간을 보았다

멋쟁이

몸은 호리호리

머리는 찰랑찰랑

복도 많은 사내

서있기만 해도 폼나네

아, 닮고 싶어라

흔들리는 생(生)

살아있다는 건
한평생 흔들리는 것

흔들린다는 건
내가 살아있다는 것

오늘도 바람이 불었다

하루의 무게

밥벌이 걱정　　4 Kg

가족 걱정　　　3 kg

건강 걱정　　　2 kg

내 인생걱정　　1 kg

쓸데없는 걱정　10 kg

배는 고픈데

가야할 집은 없고

반겨줄 가족도 없다

사는 게 원래 이런가?

테이크 아웃 (TAKE OUT)

배 고픈데
체면이 어디 있어?
어디서든 먹고 봐야지

명예퇴직(名譽退職)

그대가 내려올 때
가장 빛나는 순간

아무리 버텨봐도
고작 한 철이거늘

우울증

무슨 고민이 많길래

다들 표정이 왜 저래?

밖으로 나오라 해도 주춤주춤

외면할 수 없는 내 안의 불청객

잡초

삶이 낭떠러지다

오늘도 근성으로 버텨냈다

사는 걸 만만하게 생각했다면

세상에 나오지도 않았다

호연지기(浩然之氣)

내려다 볼 때마다
내안에 누가 들어왔는지
사람이 달라지네

내가 이렇게 큰 사람이었던가

대인배

웃자, 웃어
머리 허전하지만
슬퍼한다고 될 일인가

미소 하나는
아무도 못 따라와

잡아가도 모르겠다

이대로 죽어도 좋다는 듯

나는 그런 순간 몇 번이나 있었던가

몸이 정신이다

몽상가（夢想家）

배가 부르니까
무얼해도 꿈틀꿈틀
하는 것 없이
생각만 많은 천상 한량 (閑良)

산
멍

넌 모가 보이니?

보이는 건 달라도 생각은 같을 거야

사는 게 뭔지

알 듯 모를 듯

각자의 방식으로 마음 헹구는 시간

각자도생(各自圖生)

앉아 있으면
누가 밥 먹여주나
우아는 개뿔

걷는 게 아니라
달리는 거야

데칼코마니

보이는 건 나랑 같은데
머리위엔 다른 내가 숨어있어
하루에도 몇번씩 이랬다저랬다

너도 그러니?

자화상

한때는 꽃이었고
지금도 꽃이라지만
꽃이면 무엇하리
내가 나를 잘아는데

망설임없이

등을 밟고 가라네

난, 누군가에게 등 내민 적 있었나

망설임없이

인생길

돌고 돌아 다닌 길
더디기는 했지만

뒤돌아보니
사람의 길이었네

일그러지고 가려지고 늘어진
고통스러운 몸의 언어

겪어 본 사람만이 제대로 읽을 수 있다
작은 우주가 속절없이 무너졌다

젊은 그대

이름을 걸고
당당하게 서 있는 그대

덩치는 작아도
색깔있는 그 모습에 반해 버렸다

카르페 디엠

갈길 멀어도
버릴 게 하나없는
오늘, 바로 이 순간

내일 일은 내일 생각하자구

시한부(時限附)

바람 불어도 꺼지지 않는 불씨

아직은 때가 아니라고

혼신의 힘으로 버텨내는 秋!

집이 별건가

누울 자리 하나 있으면 된거지

속 편한 소리만 한다고?

귀가 닳도록 염불만 들어봐

후룩 후루룩

얼기설기 꼬여 있어도 술술 넘어간다

꼬여 있는 것은 그냥 넘겨보자

꼬여 있는 날은 행복 한 그릇 ....

새
침
데
기

숨긴다고 가려지나요

적당한 꾸밈
적당한 열정
적당한 수줍음

인생

숨 쉬는 것들 다, 소중하여라

올라갈땐 기를 쓰고
내려갈땐 아슬아슬

세월이 지나도
어쩌면 하나같이

여심(女心)

순백의 천사
가슴에 내려앉아
환해지는 밤

눈에 보이는
내 마음 같아라

53

열반

머리 맞대고
화두에 매달리더니
온몸이 굳어버렸네

몸이 경전이다

숭고한 밥상

먹기 위해 사는 건 아니라고?
그럼, 먹지 않고도 살수 있나

밥심을 우습게 보지마라
오늘도 그 힘으로 버텼거늘

고(孤) dog

신경 건드리지 마
혼자 있고 싶으니까

가을이잖아

봄
생각

급한 마음에

향기가 잠든 사이

먼저 왔지요

Part 2

[그대와의 거리] 알고보니, 우리는 외로운 섬이었다

이 세상 끝날 때까지
사랑 받으며, 사랑할 수 있기를..

지난날

그리움의 거리
딱 이만큼

어렴풋이 보여도
가까이 갈 수 없는

눈 감으면 떠오르는 그 사람

인
연

어디서 무엇을 하고 왔건 개의치 않아

먼길 돌고 돌아 만난 것으로 축복이니까

저거 봐,

우리를 환대하는 눈부신 율동을

61

외사랑

어찌 감당하라구
마른 가슴에 불지르고 달아났나

미워할 수 없는 젊은 날의 방화범
그때는 정말 세상 끝나는 줄 알았다

동행(同行)

아무리 흔들어도
꿋꿋하게 버텨내야지

움추리지 말고
경쟁하지 말고
앞만 보고 가자고

반쪽

미우나 고우나
떨어질 수 없다고

낡고 찢어져도
죽는 날까지 함께 가겠다는
경이로운 인연들

미적거리(美的 距離)

타오르라니

어찌 감당하라구

선은 넘지마

유구무언(有口無言)

진정, 모르시나요

내가 무얼 원하는지

가족이랄 땐 언제고

초록의 유혹

뿌리치고 싶지만

몸이 무거워.....

파워오브러브
(Power of Love)

피할 수 없는 고통
사랑 아니면 견뎌낼 수 있겠나

이 세상 끝날 때까지
사랑받으며 사랑할 수 있기를

히스토리 (he story)

떠나가면 안된다고

마음을 묶겠다더니

내 이럴 줄 알았다

낯설지만 낯익은

젊은 날의 슬픈 초상화

바람둥이

떠날 거라면
차라리 오지나 말지

마음 흔들어 놓고
슬금슬금 어디를 가시나

가을밤

대화가 익어가고
시간이 익어가고
벗님이 익어가고

익어간다는 건
지워져가는 것

허기진 저녁

애야, 밥먹고 가라

보고 또 보고

이젠 먹을 수 없는

세상에서 가장 따뜻한 밥

거래의 원칙

입이 몇 개인데

먹는 걸 가지고 장난쳐

친해지고 싶으면 마음을 보여줘봐

세상에 공짜는 없다구

가
족

같이 있을 때 잘해

나중에 후회하지 말고

정말, 내일이 있다고 믿니?

취중진담(醉中眞談)

취한 그대를 보고
나도 취해 버렸네

저녁마다 과음이라니
나는 못따라가네

누군가에겐

공중에 매달려서

흔들거리는 생

보는 것도 힘들었는데 어찌 참아 내셨을까.

엄마! 미안해

대화마을 1402호

나를 뭘로 보고

먼저 말하나 봐라

말하고 싶지만

부부

을지로 골목길

가슴에 담아 둔 말
무엇이든 꺼내보라네

듣는 게 일이라고
비밀은 지킨다고

거대한 귀들의 영토

따스하구나
꽃으로 보답할께

조금만 기다려 봐
봄 데리고 올 테니

혹독한 시련의 시간
곁을 지켜준 벗이 있었다

얼음의 화폭위에
그의 영혼을 담아낸
화공이 있었다

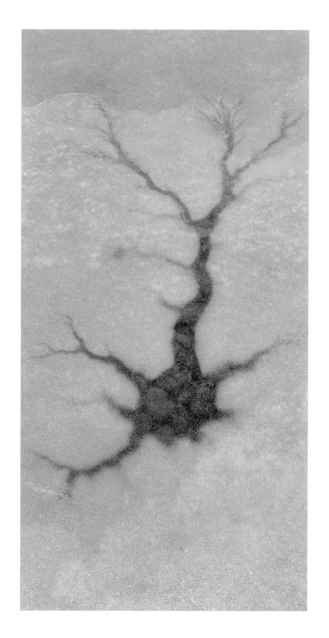

• 세한도(歲寒圖)

통(通)하다

넌 어디서 왔니?
눈을 뗄 수가 없네

저 아이도 묻는다
넌 어디서 왔니?

잘들 지냈나?
이게 얼마만이야?

그리운 마음
꼬리에 꼬리물고
다시 모였어요

초등학교 동창회

강철꽃

유혹하지만
쉽게 유혹당하지 않는 꽃

살아간다는 것은
자신을 잃지 않고
가슴에 꽃을 품는 것이다

그곳에 가면

한 여인의 한숨과 밀려오는 파도소리

가족들을 위해 기도하는 음성이 들린다

오늘은

내가 그 성지를 찾아 두 손을 모았다

탄생

갈라테아는 대리석에만 있는 게 아니다

또 다른 피그말리온의 간절함에 이끌려

한 여인이 조금씩 모습을 드러내고 있었다

고백록(告白錄)

나만 잘난 줄 알았다
나만 선택받은 줄 알았다
다들 그리 사는 줄 알았다

알고 보니,
우리는 외로운 섬이었다.

어떤 대화

아가, 힘들지?

내 눈엔 아저씨가 더 힘들어 보이는데

인상 좀 펴고 살아요

위로하려다가 위로받았다

처세(處世)

모나지 않게
자연의 품성대로
둥글게 둥글게

그러면서도
가끔은 삐딱하게

기
싸
움

올 테면 와라
내공의 힘으로 버텨내야지

겁내는 순간
난, 흙더미에 불과하다

벽인지 벗인지

누군가에겐 벽
누군가와는 벗

마음 닫으니 벽이라 하고
마음을 여니 벗이라 하네

옛날 옛적에

자식들이 뭐라고
간, 쓸개 다 주고나니
속이 텅 비었다

세상이 달라졌어요
이제는 제발 그러지 마요

내 새끼들 내놔라
속을 뒤집어 놓고
어디로 내뺄거야

목이 터져라 외쳤더니
그새 팍 늙어버렸다

선
유
도

이젠 혼자가 아닌 우리
섬이라 하기에도
뭍이라 하기에도
애매모호한 그 무엇

대체 내 정체는 뭘까

거리의 위로

머쓱한 표정으로 말 한 마디 꺼내고
온몸이 발개진 키다리 아저씨
어쩜 말도 그리 이쁘게 하는지

고마와, 따뜻하게 대해줘서

끈

욕심 부리지말고
하나만 제대로 잡아
모두 연결되어 있으니까

넘 높이 올라는 가지마
떨어질때 많이 아프니까

Part 3

[따뜻한 공동체] 숨 쉬는 것들 다, 소중하여라

시시한 하루, 시 같은 순간.
시시한 인생 어디에도 없더라.

회사인간

두려움이나 설레임은 없다
길은 어차피 정해져 있으니까

가도가도
끝을 알 수 없는 길

그래 봐야, 새장속 이다

관함식(觀艦式)

서해에서 백운대를 넘어

서울로 진입한 불침항모

국적을 알 수 없는 평화의 사절이다

민초(民草)

처절한 몸부림이 있었다

쓰러질 때마다 다시 일어섰다

초록 문장으로 채워진 저항의 기록

마침표 없는 진행형이다

힘으로 다투지 않고
내가 더 향기롭다고

그런 전쟁 한번 꿈꾸는
어느 봄날 아침

• DMZ(비무장지대)

틈새전략

배경 탓하지 마라
수줍게 고개 내민
그대들이 진짜 배경이거늘

살겠다고 마음 먹으면
어딘들 길이 없을까

길이 없는데
앞 좀 보고 다니라니

이 안에 길이 다 들어있는걸

뭐가 중한겨?

높이뛰기

경쟁이 아니라 공연이었다

승자가 누구인지는 따지지 않아

포기하지 않으면 모두 승자니까

생존 수업

혼자 힘으로
뭐든지 해야 한다고

살아남으려면
넋 놓고 다니지 말라고

제발, 귀담아들으라

쉿!

머리속 어디선가
시원한 바람이 불어오면
입가에 살며시 번지는 미소

세상이 유쾌하다

무뇌아(無腦兒)

듣기좋은 말 말고
지킬 수 있는 말을 하라구

우리가 새라면
누구를 뽑은들 무슨 상관이랴

물구나무

거꾸로 서서 보면
세상은 즐거운 놀이터

알면 뭐해?
놀 줄도 모르면서

113

광장(廣場)

위아래를
따져 무엇하리
노는 물이 같은데

숨쉬는 것들
다 소중하여라

무성영화 (無聲映畵)

웃음 잃은 세상
할 말을 잃었네
세상이 왜 저래?

동병상련(同病相憐)

세상 인심 참 고약하군
한때는 보란 듯 잘 나갔는데
이젠 퇴물 취급이라니

넘, 마음 쓰지 말게
자리라도 있는 게 어딘가

인질

뭍은 못준다하고
바다는 내놓으라하고
한낮의 팽팽한 줄다리기

몸은 매어 있지만
마음은 이미 바다에 있다

117

이웃 사촌

머리 맞대고
수 십년 살다보니
한 몸이나 다름없네

오늘도 함께 가자
기죽지 말고

어디에 있든, 어떤 방법으로든
대의를 위해 연대 하시라

어깨를 걸고 나아가는 파도처럼
가슴으로 포용하는 바다처럼

미로(迷路)

길이 있다니
아무리 둘러봐도
꽉 막혔는데

너무 많은 지식
너무 좁은 안목

귀막고 입막고 눈막고
지내다 보면

돈이 들어올거라는
오해는 하지 마시게

웃음이 전부야

만월(滿月)

세상의 비밀

모르는게 어디있나

다 보고 있는데

하늘의 블랙박스

우이천

이게 누구야

순한 줄 알았는데
성깔 있었네

다 쏟아냈으니
속은 시원하겠다

소양강

문이 열리자

세상을 흔들고 쏟아져 내려오는

백만대군의 함성

서울로 진군중이다

알게 모르게 떠나버리는 것들

어째서 매번
사라지고 나서야 그리운 걸까

그렇게 한 생이 떠나갔다

추앙하라

날지 않아도 좋다
추앙받을 수 있다면

하늘과 땅의 기운
하나로 이어지는 순간

그들은 신이 되었다

꽃들의 반역

지들만 잘난 줄 아나
아예 내려올 생각을 안하네

더이상 볼 것 없다고
일제히 고개 돌린 꽃심

들러리는 이제 그만!

인생우화(人生寓話)

누가 감히 날 건드리는 거야
말리지마! 내 이놈을 당장..

그러나,
주먹을 휘둘러봐도
손등에 닿는 건 아무것도 없었다

보는 것만으로도

입이 벌어지고 코가 열리는 숲속의 비밀기지

일억짜리 장거리 미사일 하나 부럽지 않다

장태산 메타쉐콰이아

노동의 하루

이 도시는 고칠 게 넘 많아
망치질 하다가 하루 다 가버리네
나만 이렇게 사는거야?

아무도 관심 없는데

희망
고문

숨쉬는 것만으로 행복 한 줄 알라구?

날 보고도 그런 말이 나오니?
이제 버틸 힘도 없다

저 쪽은 완전 딴 세상이네

앞서거니 뒤서거니

앞만 보지 말고

노 젓듯 가라한다

이제야

눈에 들어오는 산수화 한폭

부드러운 밥

작다고 무시마라

누구와든 어울리니

깨지고 터지더라도

어디서나 둥글둥글

내 몸이 찢어져

가시밖에 남지 않아도

눈은 감지 않으리

어쩌다 이 지경이 되었나

분을 참지 못하겠어

무기수(無期囚)

갇힌 것은 내가 아닌 그대들
죽어서야 자유로울 수 있는 감옥

세상에 나온 생명들
오늘도 우렁찬 울음으로 입소신고를 한다

바람 탓이라고 하지말자
때가 되어 떨어졌다고도 하지 말자

나무야! 대답 좀 해봐
왜 손목을 꽉 잡아 주지 않았는지
바람이 불어올 걸 미리 알았으면서

순교자

죽음의 문턱에서
가장 겸허한 자세로
고개숙인 성자들

몸은 떨고 있지만
기도의 힘으로 버티고 있다

기쁜
날

절제된 충동이다

보이는 음악이다

싱싱한 율동이다

절묘한 웃음이다

신들린 영혼이다

디 스 토 피 아
(Dystopia)

누구를 추모하고 있는가 ?

안개가 걷히고

모습을 드러낼 세상이 불안하다

숨 쉬는 것들 다, 소중하여라

낯선 곳에서

막힘없이 떠다니는 점들의 궤적
걸리버가 눈을 부릅 뜨고도
나를 찾을 수 없는 도시의 저수지

저 안으로 스며들고 싶다

순례길

깡마른 몸으로
머리를 풀어 헤치고

가장 높은 곳에서
낮은 곳을 바라보는
이름모를 성자들

Part 4

[비움과 채움] 꿈 같은 세상인지, 꿈 잃은 세상인지

그럼에도 불구하고,
꿈을 꾸어야 할 이유 "살아 있으니까."

나 어릴 적

걱정이 없어요

눈치도 없구요

외로움도 몰라요

세상의 중심이니까

님은 먼곳에

멀리만 보지 마시고
바로 밑에도 관심 좀

아무리 소리쳐도 듣지 못하는
저, 높은 경지

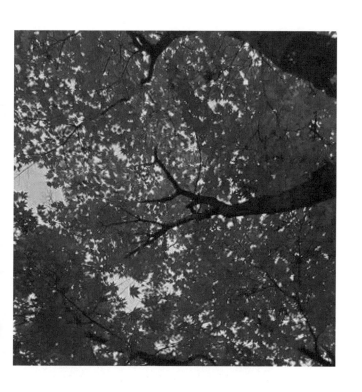

추정(秋情)

앗, 뜨거워

불 좀 꺼주세요

넋 놓고 있었더니

미음에 불이 붙었네

무지개

꿈 좀 꾸라니?

꿈을 꾸지 않아도
꿈 같은 세상인데

꿈만 꾸다가
인생 다 가네

내 이럴 줄 알았으면

해를 닮고 싶어서
해만 바라보았는데
살찐 고양이가 되다니

내 얼굴을 돌려줘

말을 지우고

생각의 힘을 모으는 시간

자세만 봐도

내공의 깊이를 알겠다

트로이 (Troy)

똬리를 틀고 누구를 노리는가

신들의 비밀을 누설한 자

온몸이 칭칭 감겨 가치없이 당했다

라오콘과 그의 두 아들처럼

무소유

몸 하나만으로도
살아가는데 문제없어

가진 게 없으니
지킬 것도 없다구

달관(達觀)

아무리 단단해도
세월을 어찌 이길까

펴져라! 주름살
기까지 꺾일 수 없다

날개의 쓸모

옷이 날개라 해도
그렇게 껴입어서야

담 넘으려는 순간
딱, 걸려 버렸다

성장기

빛과 바람

관심을 먹고

자라는 아이들

차별이 없어요

기죽을 일도 없구요

따듯한 정물, 익어가는 시간들
지난 시간을 오롯이 기억하는
내 유년의 추억 저장소

저 안에선
잊고있던 기억들이 발효되고 있다

고
향
집

꽃무덤

매달려 있으나,
바닥에 있으나,

어차피 한생
삶과 죽음이 멀지 않다

나무의 꿈

오늘은 나도
푹신한 땅에 등을 대고
오수를 즐기고 싶다

평생을 서서 지내라니
무슨 큰 죄를 지었다고

천
상
병

소풍가기 좋은 날씨

소풍 끝내고 하늘로 돌아간 그가

구름 사이에서 희죽 웃는 모습이 보였다

거긴 지낼만 하신가요?

바
람
의
말

창작의 고통

함부로 말하지 마라

아직도 나는 다듬고 있다네

수행(修行)

무엇으로 막으랴

사정없이 날뛰는

저 번뇌 덩어리를

경청

사연 많은 생들
발길 닿을때마다
제 말 좀 들어달라고
바스락 바스락

내 귀가 순해졌다

밤마실

외할머니 손잡고 찾아간 낯선 시골집

구수한 충청도 사투리 귀동냥 듣다보면

눈꺼풀은 천근만근, 집에는 언제 가시려나

방바닥 한 구석에 골아 떨어졌던

어린 날의 그 여름밤

그대 보이나

꽃잎 흔들고 가는

바람의 질투가

신
데
렐
라

이젠 꿈꾸지 않는다

꿈을 사러 다니는 세상
꿈을 찾아 다니는 세상

꿈 잃은 세상인지
꿈 같은 세상인지

그때는 몰랐었네

얼마나 행복했는지

지난 모든 순간이

따스하게 느껴지는 가을날

광활한 화폭에

세상이 슬그머니 들어왔다

신이 그려낸 작품을 보았다

누구나 볼 수 있지만

누구도 그릴 수 없는

구름 위의 산책

설마

너만 할 때 아빠도
꿈을 먹고 자라던
소년이었어

지금은 찌들었지만

시
(詩)

비슷비슷한거 말고
눈에 확 띄는 그런거
날 보고도 느낌이 없나

떠오르지 않으면
떠오를때까지

진검승부(眞劍勝負)

겁 날게 뭐 있나?

맨몸으로 맞짱떠서 져본 적이 없는데
실컷 맞더라도 버티면 봄이 온다고

덤벼라! 덤벼

익선동

토닥토닥
내일도 힘내라고

마음 데워주는
풍경의 위로

177

전망좋은 집

멍때리기 좋아요
층간 소음도 없구요

낮엔 해님, 밤엔 달님 별님이 이웃
구름, 바람과도 친하죠
세상에 이런 집, 또 어디 없나요?

등
대

이런 말, 저런 말
파도처럼 밀려와도

흔들리거나 길을 잃지마
내일이면 평온해질테니

· 종가(宗家)

수백년동안

꼿꼿하게 서 계신 어르신

장수의 비결이

무엇이냐고 여쭈니

몸을 활짝 열어 보였다

씨에나 거리를 걷다가
한 여인의 눈길과 마주쳤다

말이 통하지 않은 대신
마음이라도 읽고 싶어 나는
오랫동안 그녀를 바라보았다

어
쩌
라
구

여기서 이래도 될까?

우리가 누군줄 알고

그냥, 편하게 살자

11
월

마른 가슴에

하나씩 품으라고

별 쏟아진다

파
노
라
마

물은 물대로
구름은 구름대로
바람은 바람대로

제 갈 길 찾아가네
한 세월 흘러가네

설마, 바라만 보고 있었겠나

온몸으로 받아들인 불멸의 춤사위

하나를 얻기위해 가진 거 다 버렸다

무희는 가도 자세는 남는다.

심플 라이프 (Simple Life)

아! 개운해
다 비워내니 날아가고 싶구나
날개만 있다면

흰 날파리떼
투신하는 겨울 밤

미련없이 세상떠나겠다는
절정의 몸짓

눈물

고
래

뭐가 그리 신나서

그렇게 높이 뛰어 올랐니?

눈이 커지고 입이 열리며

나는 잠시 우영우가 되었다

왕국으로 가는 문을 찾을 수 없다

사랑 옆에선 공주가 아니어도 좋다

발길을 되돌린 엘사는 전설이 되었다